JN285848

新 潮 文 庫

りっぱな犬になる方法

きたやまようこ著

新 潮 社 版

7026

りっぱな犬《いぬ》になる方法《ほうほう》

しょうらい　犬《いぬ》になってみたいと　おもっている人《ひと》はいませんか？
なりたいと　おもわなくても　ある日《ひ》　いきなり　犬《いぬ》になる、なんてことは　よくあることです。
これは　そんな人《ひと》のために犬《いぬ》が　おしえてくれた　ちゃんとした犬《いぬ》になる　方法《ほうほう》の本《ほん》です。

もくじ

あいさつ

はなを　くっつけ　それから　おしりの　においを
かぎあう。だれに　たいしても、せいしきに　あいさ
つしよう。

•– あいさつの　じゅんじょ –•

いぬごや

一戸《いっこ》だて、ワンルーム。バス・トイレ・キッチンなし。戸《と》や　かぎも　ついていないばあいが　おおい。

。～ すきなところに すもう ～。

ポチのいえ

うんこ

じぶんの　うんこに　じしんを　もとう。
そして、じぶんの　うんこを　だいじに　しよう。
外《そと》でしたときは　つれている　人間《にんげん》に　たいせつに
もって　かえって　もらおう。

えさ

しょくじの　ページ　さんしょうのこと。

おて

手《て》の　ていねいな　いい方《かた》。

人《ひと》は　ふつう、犬《いぬ》の　手《て》のことを　まえあしと　いうが、りっぱな犬《いぬ》には「おて」という。そういわれたら　たいしたものだ。

「おて」といわれたら、むねを　はって、れいぎ正《ただ》しく、あいての　手《て》の上《うえ》に　じぶんの　手《て》を　おこう。

OTE
OKAWARI

かぞく

たいていの　犬《いぬ》のばあい、いきなり、あるかぞくの一員《いちいん》に　なる。
じぶんで　かぞくを　えらぶのは　なかなか　こんなんである。
そこで、かぞくに　えらばれたことを　ほこりにおもい、かぞくを　あいそう。

内田家《うちだけ》

きくばり

よばれたら　かおを　むけよう。

くびわ

がいしゅつの　ときは、かぞくに　プレゼントされた　くびわを　つけよう。

くびわを　つけていないと　ひとりぐらしの　犬《いぬ》だとおもわれ、しらない人《ひと》に　つれていかれたりしてキケンである。

けっとうしょ

けっとうしょは　じぶんで　つくること。つくり方《かた》、左《ひだり》の　図《ず》　さんしょう。
しっているかぎり　なにか　とくちょうを　いれると　たのしい。
しらない　ばあいは　そうぞうりょくを　はたらかせること。

内《うち》田《だ》家《け》の公《こう》認《にん》血《けつ》統《とう》証《しよう》明《めい》書《しよ》

犬名《けんめい》　ポチ

NAME OF DOG　POCHI

犬種《けんしゆ》　雑種《ざつしゆ》

登録日《とうろくび》　1991・2・19

生年月日《せいねんがつぴ》　1991・1・12

性別《せいべつ》　♂オス　毛色《けいろ》　白《しろ》

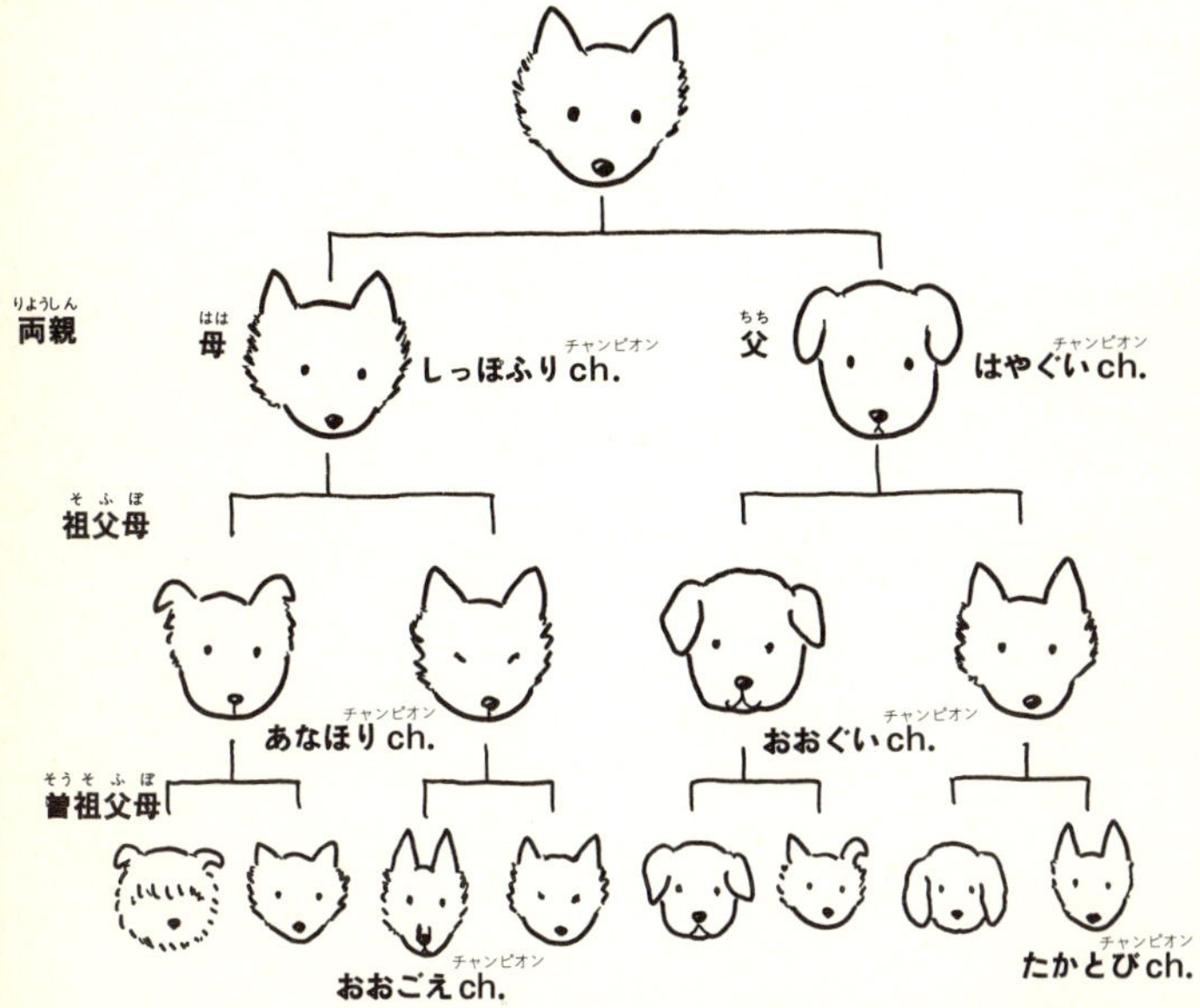

両親《りようしん》
母《はは》
しっぽふり ch.《チャンピオン》
父《ちち》
はやぐい ch.《チャンピオン》
祖父母《そふぼ》
あなほり ch.《チャンピオン》
おおぐい ch.《チャンピオン》
曽祖父母《そうそふぼ》
おおごえ ch.《チャンピオン》
たかとび ch.《チャンピオン》

JAPAN　TONNEL　CLUB
ジャパン　トンネル　クラブ

ことば

からだ　ぜんぶを　つかって　いろいろな　ひょう
げん　方法《ほうほう》を　もとう。

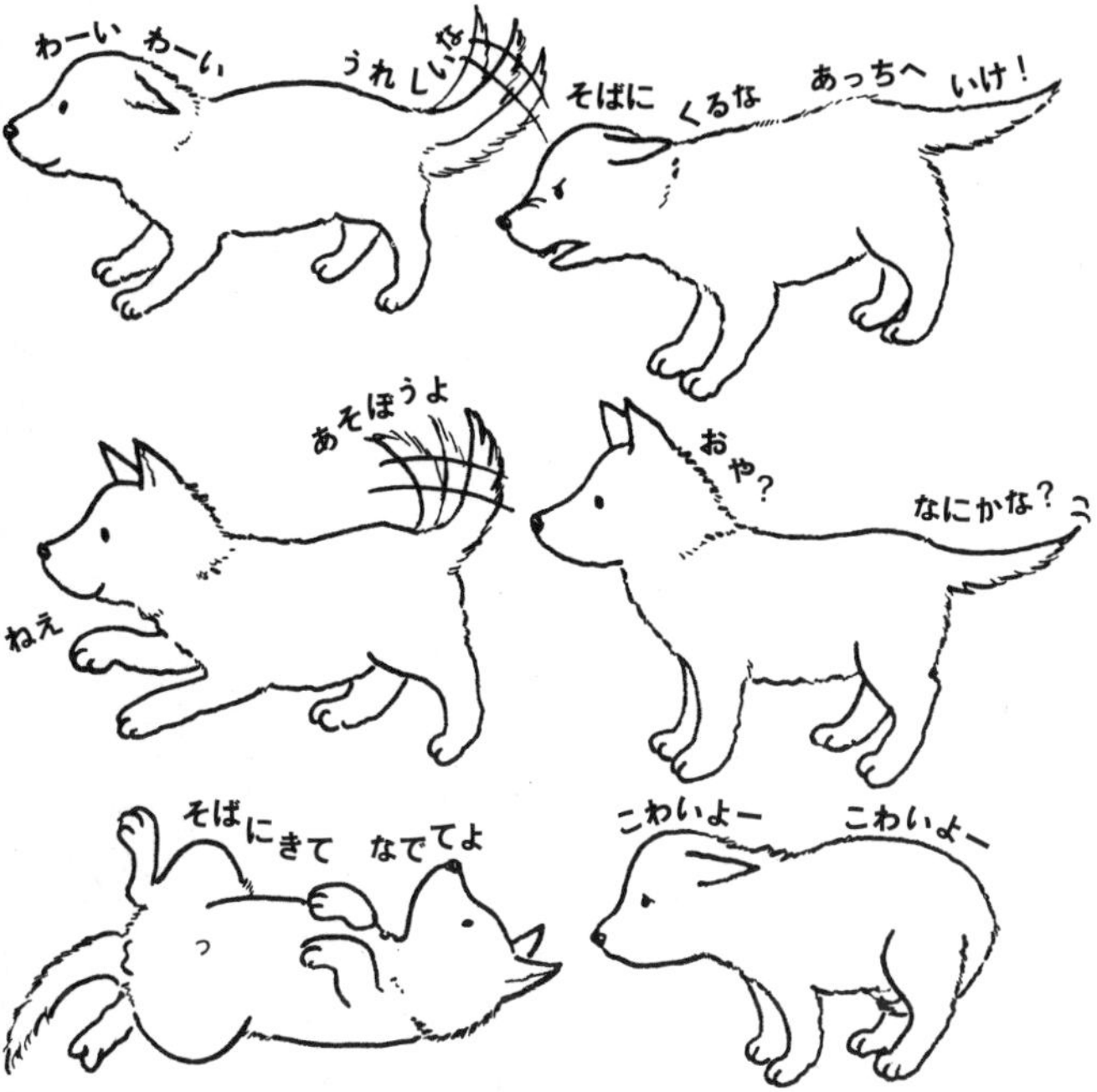
わーい わーい うれしいな
そばに くるな あっちへ いけ！
あそぼうよ
ねえ
おや？
なにかな？
そばにきて なでてよ
こわいよー こわいよー

さんぽ

じぶんの　速度《そくど》（マイ・ペース）で　あるこう。
うんどうとは　くべつすること。
さんぽのときは　本《ほん》*を　よもう。
てがみ*を　よもう。そして、へんじを　かこう。
しりあいとは　ゆっくり　あいさつ*しよう。

（*本《ほん》、てがみ、あいさつの　ページ　さんしょうのこと）

うん
うん
ふむ
ふむ

しょくじ

人《ひと》まかせに　しないこと。
じぶんの　このみを　だいじに　しよう。

ポチのおきにいり

スープかけごはん

こだわりのドッグフード

イヌくんたちのリクエスト

肥満犬用《ひまんけんよう》ダイエットフード

じぶんのはとしたでたしかめよう

トップブリーダーおすすめ
ペティクリーチャン

牛にくそのまま

飽《あ》きない

きゅうきょくのドッグフード
なまにく80%
ホンモノの味。

無添加《むてんか》
無着色《むちゃくしょく》

半なまタイプ
カルシウム
ビタミンきょうか

くいつきがよく
フンがすくない

食物《しょくもつ》センイ入《い》り

やめられないおいしさ

ほね100%の
おいしさ

てきとうなはごたえ

グルメジャーキー

（の ちゅうどく）

たまねぎにちゅうい!

たまねぎ入りしょくひん

なまのじょうたい

コロッケ

カレーライス

ハンバーグステーキ

クリームスープ

牛肉《ぎゅうにく》100%の本格派《ほんかくは》

愛《あい》のかんづめ

アメリカで大人気《だいにんき》

すききらい

すきなものは、すぐに　たべるか、すぐに　うめるか　しよう。

きらいなものは、いつまでも　みえるところに　ほうって　おこう。

ただし、これは　たべものに　かぎってで、すきな人《ひと》や　すきな犬《いぬ》を　うめるのは　よそう。

わすれないように！

いえのなかでは、クッションの　うしろや
じゅうたんの下《した》が　うめばしょ。

せたけ

正《ただ》しく　はかろう。

犬《いぬ》のせたけのはかり方《かた》

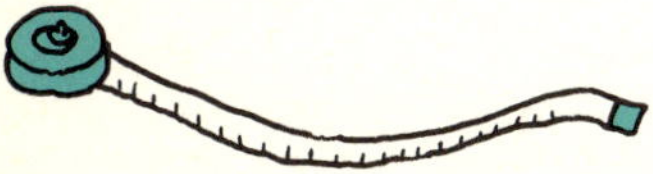

そこ

「ここ」より　とおくて　「あそこ」より　ちかい。
「そこ」と　いわれたら　「そこ」を　みよう。

しょくじのときは　しょっきの　そこ（底《そこ》）が　みえるまで、きれいに　たべよう。

SOKOMADE TABERE BA ~.
RIPPA!

たからもの

いちばんの　たからものは　犬《いぬ》である　じぶんだ。
犬《いぬ》であることを　おおいに　たのしもう。
すぐれた　はなで　ほんとうの　すがたを　みよう。

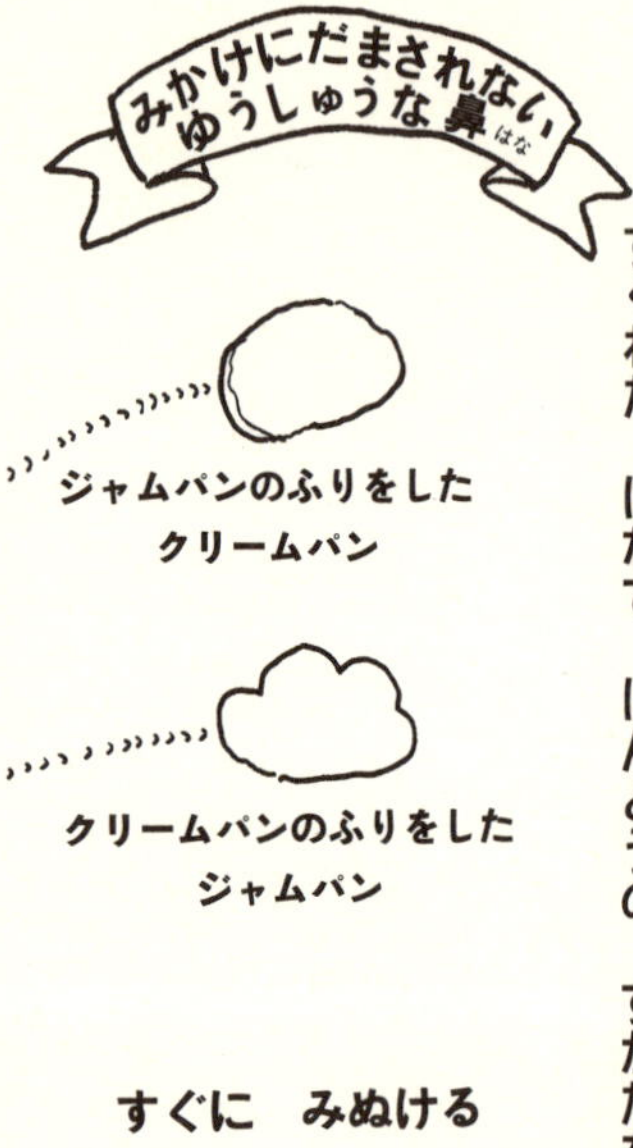
みかけにだまされない
ゆうしゅうな鼻《はな》
ジャムパンのふりをした
クリームパン
クリームパンのふりをした
ジャムパン
すぐに　みぬける

すぐれた　耳《みみ》で　ほんとうの　すがたを　みよう。

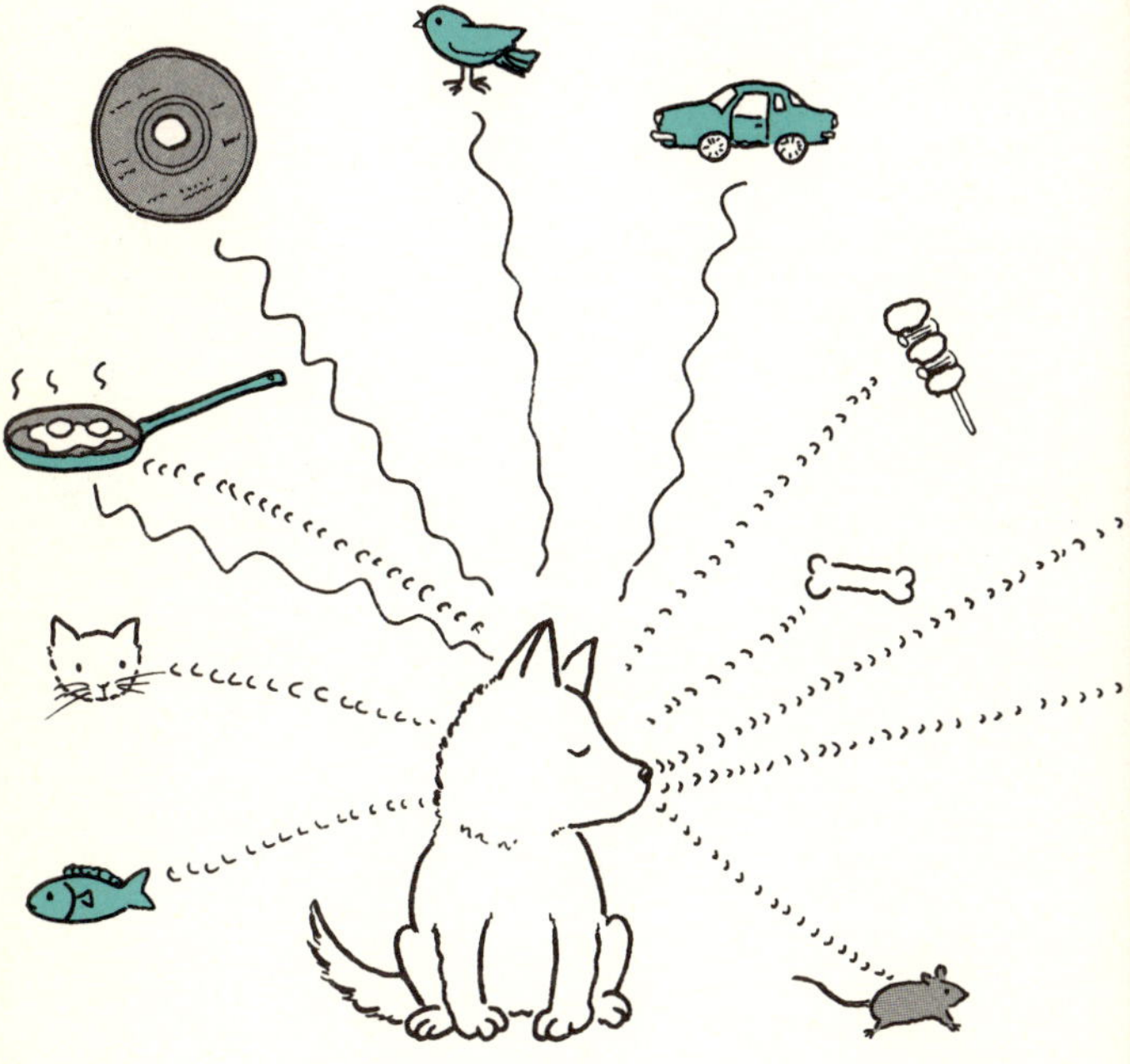

ちず

じぶんの　地図《ちず》を　もとう。

電柱《でんちゅう》❶ポチせんよう　けいじばん

電柱《でんちゅう》❹テリーちゃんからの　てがみを　よむところ

電柱《でんちゅう》⓲ブルからの　よびだしが　かいてある

電柱《でんちゅう》㉗あたらしい　じょうほうが　いっぱい

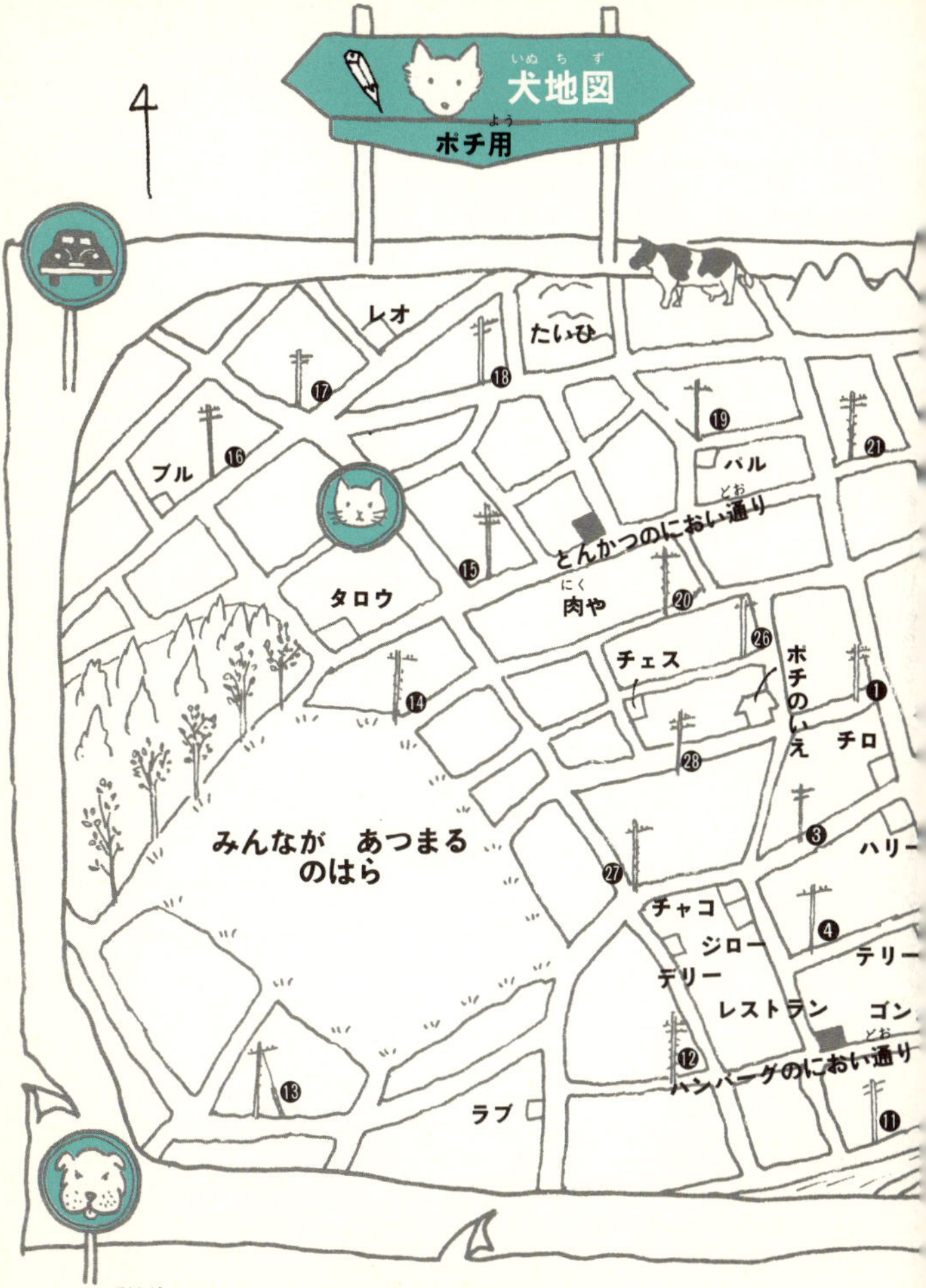

4
犬地図《いぬちず》
ポチ用《よう》
レオ
たいひ
ブル
パル
とんかつのにおい通《とお》り
タロウ
肉《にく》や
チェス
ポチのいえ
チロ
みんなが　あつまる
のはら
ハリー
チャコ
ジロー
テリー
テリー
レストラン
ゴン
ハンバーグのにおい通《とお》り
ラブ

電柱《でんちゅう》⑬なわばりの　境界線《きょうかいせん》につき　ちゅうい

つきあい

なわばりが* ひろいと つきあいも ひろくなり、なわばりが せまいと つきあいも せまくなる。こころが ひろいと つきあいも ひろくなり、こころが せまいと、つきあいも せまくなる。
つきあいが ひろいと いそがしい。
つきあいが せまいと つまらない。
（＊なわばりの ページ さんしょうのこと）

ポチ
ポチ
ⓐ¥,eⓐ…
Pochi
ぽち
ポチ

てがみ

犬《いぬ》の　てがみは　ひとことメッセージ。
ともだちへの　てがみや　へんじは　さんぽに　行《い》ったときに　かた足《あし》を　上《あ》げて　かこう。
おおぜいの　ともだちが　すぐに　よめるようにでんちゅう、くさばな、いえの　へいなどに　ひとことずつ　かこう。ひとことでも　なかよしの　てがみは　なんども　なんども　よむものだ。

いかが　おすごしですか…
わたしは　げんきです…
ポチ…

ともだち

ともだちには　いろいろ　ある。
ともだちだと　おもうことが　だいじ。

ノミともだち
プッチン

あそびともだち
ジローくん

きょうだいともだち
内田《うちだ》もねちゃん

けんかともだち
照屋《てりや》ブルくん

さんぽともだち
ハリーくん

ガールフレンド
テリーちゃん

おしゃべりともだち
山本《やまもと》インコちゃん

じゅうい
とよなが先生《せんせい》

しんゆう
チェスくん

ペンフレンド
チロくん

なわばり

じぶんで　地図《ちず》*を　かける　はんいの　こと。
じぶんの　いえを　ちゅうしんに　なわばりを　もとう。まいにち　がいしゅつのとき　みまわり、あらすものは　いないかを　かくにんしよう。
なわばりを　まもるため　じぶんの　においを　つけるときは　足《あし》を　うんと　たかく　上《あ》げ、できるだけ上《うえ》の方《ほう》に　おしっこをかけ、じぶんが、とても　大《おお》きい犬《いぬ》であることを　きょうちょうしよう。
（＊地図《ちず》の　ページ　さんしょうのこと）

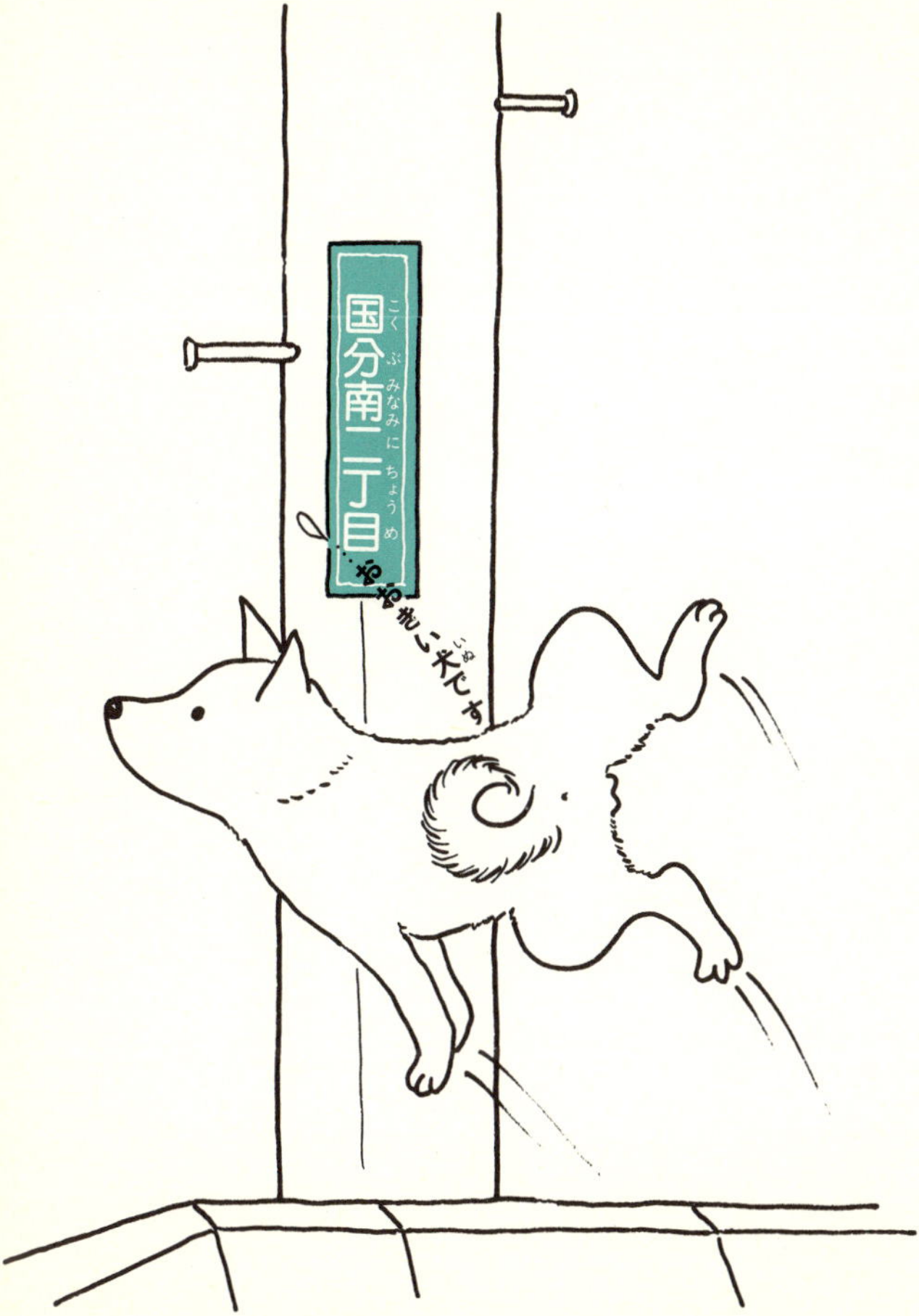
国分南二丁目《こくぶみなみにちょうめ》
…おおきい犬《いぬ》です

におい

じぶんの　においを　たいせつに　しよう。
じぶんの　においは　かならず　ふっかつするから
たまには　おふろに　入《はい》るのも　よいだろう。

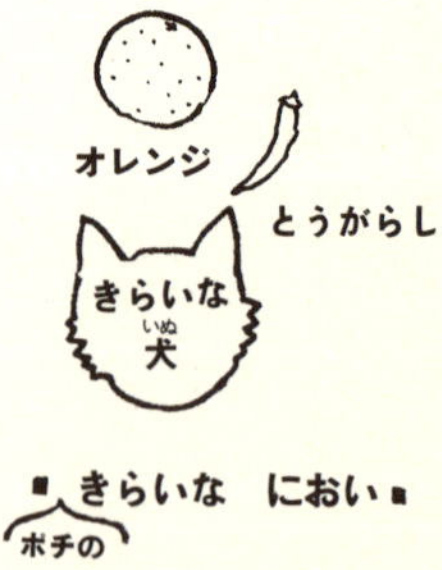
オレンジ
とうがらし
きらいな
犬《いぬ》
■きらいな　におい■
ポチの

■すきな　においが　きえていく■

ぬの

犬《いぬ》は　いるいを　きないから　あまり　えんがない。けれど　ぬのを　ふくろじょうにして　中《なか》に　わたをつめたものは　ふとんといって　きもちの　よいものである。

できたら　色《いろ》や　がらは　じぶんで　えらぼう。

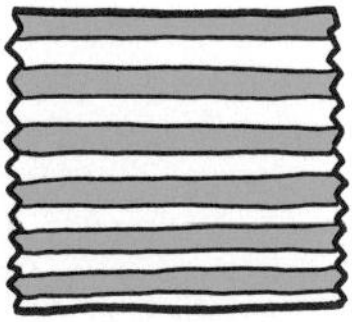

よこじま

はながら

ギンガムチェック

たてじま

かすり

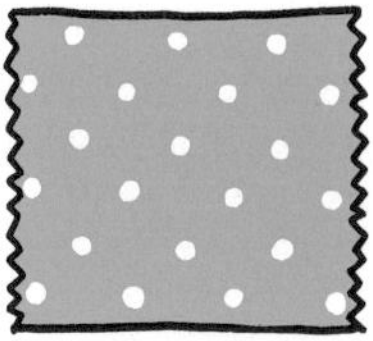

みずたま

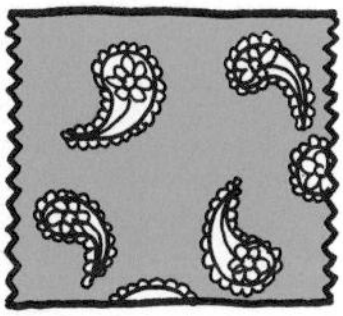

ペーズリー

タータンチェック

ヘリンボーン

ねこ

なるべく　かかわりを　もたないこと。
たまに、ひまなときは、からかわれたふりをして
あそんでやろう。

SHIRANFURI

のはら

犬《いぬ》、こども、虫《むし》、としより、かぜ、とり、……いろいろな　ものが　あつまる　しゃこうば　である。
あつまってきたものを　おいかけ、とびつき、においをかぎ、なめ、あらゆる方法《ほうほう》で　あいてを　りかいしゆうじんになる　どりょくを　しよう。

しかし、
ぜんぶの　ものと　ゆうこうかんけいを　むすぶの
は　むずかしい。

は

はを　だいじに　しよう。
牛《うし》の　スジを　ほしたものや　犬用《いぬよう》ガムで　はみがきしよう。ハブラシを　つかうばあいは　左《ひだり》の　図《ず》さんしょう。

正《ただ》しい　はのみがき方《かた》

♣じぶんで　みがくときは　人用《ひとよう》ハブラシで(園児用《えんじよう》)

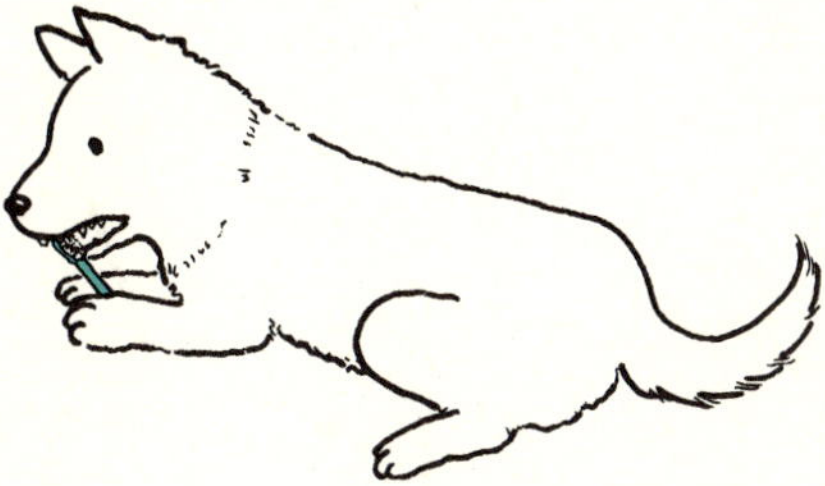

♣人《ひと》に　みがいてもらうときは　犬用《いぬよう》ハブラシで

人《ひと》のゆびが　入《はい》るようになっている

ひと

犬《いぬ》より 一 と 丶 が たりない。

人《ひと》の たりないところは 犬《いぬ》が

おぎなってあげよう。

犬－人＝亠

ふん

うんこの　ページ　さんしょうのこと。

へい

犬《いぬ》や　こどもが　てがみ*を　かくところ。
なお、へいの　上《うえ》には　ねこ*が　いて、はなしかけられると　めんどうなので　なるべく　上《うえ》を　みないようにしよう。

（*てがみ、ねこの　ページ　さんしょうのこと）

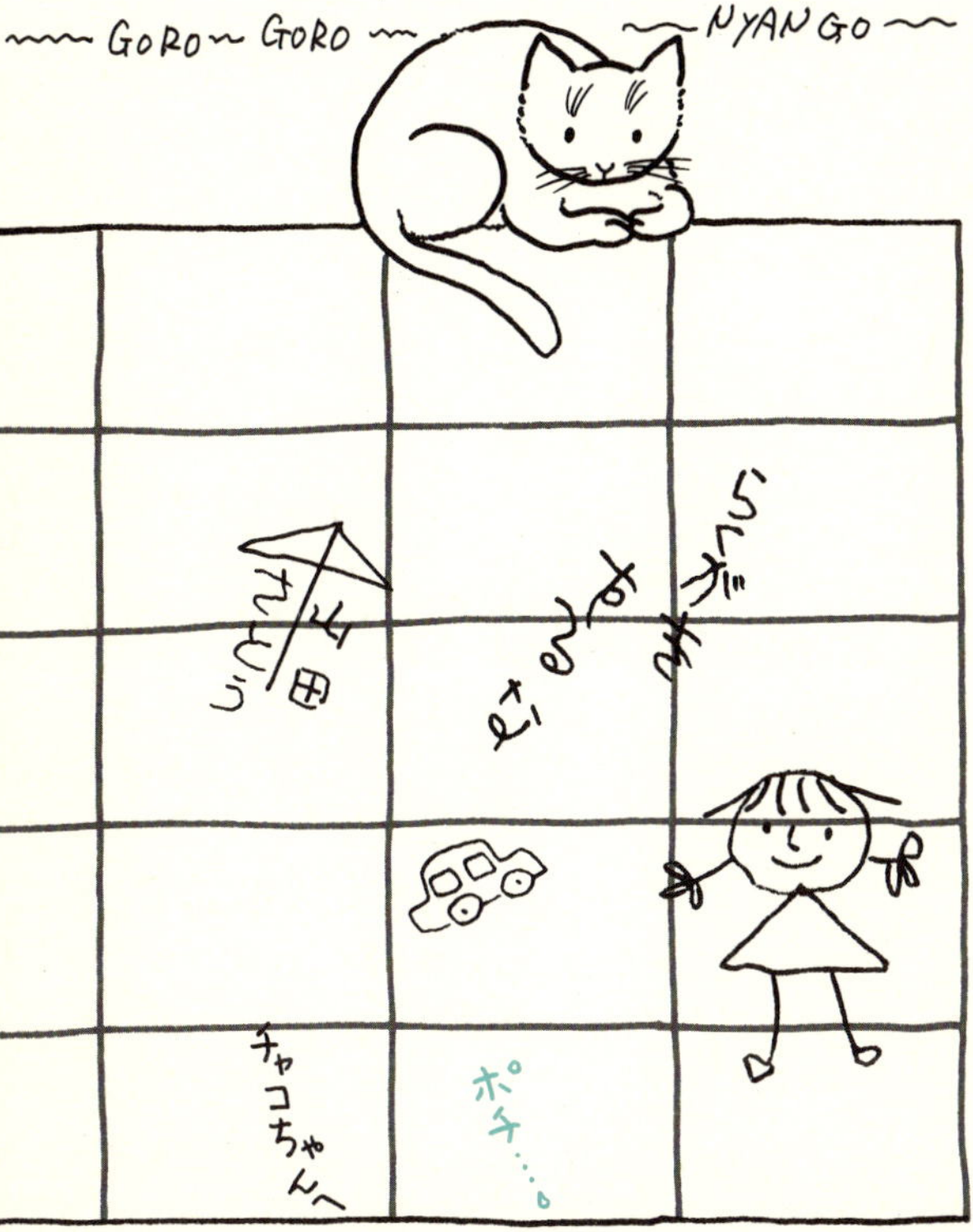
GORO ~ GORO
NYANGO
山田
チャコちゃんへ
ポチ…。

ほん

犬《いぬ》は　本《ほん》を　よまない。
しぜんの　中《なか》から　ちょくせつ　いろいろなことを
学《まな》ぼう。

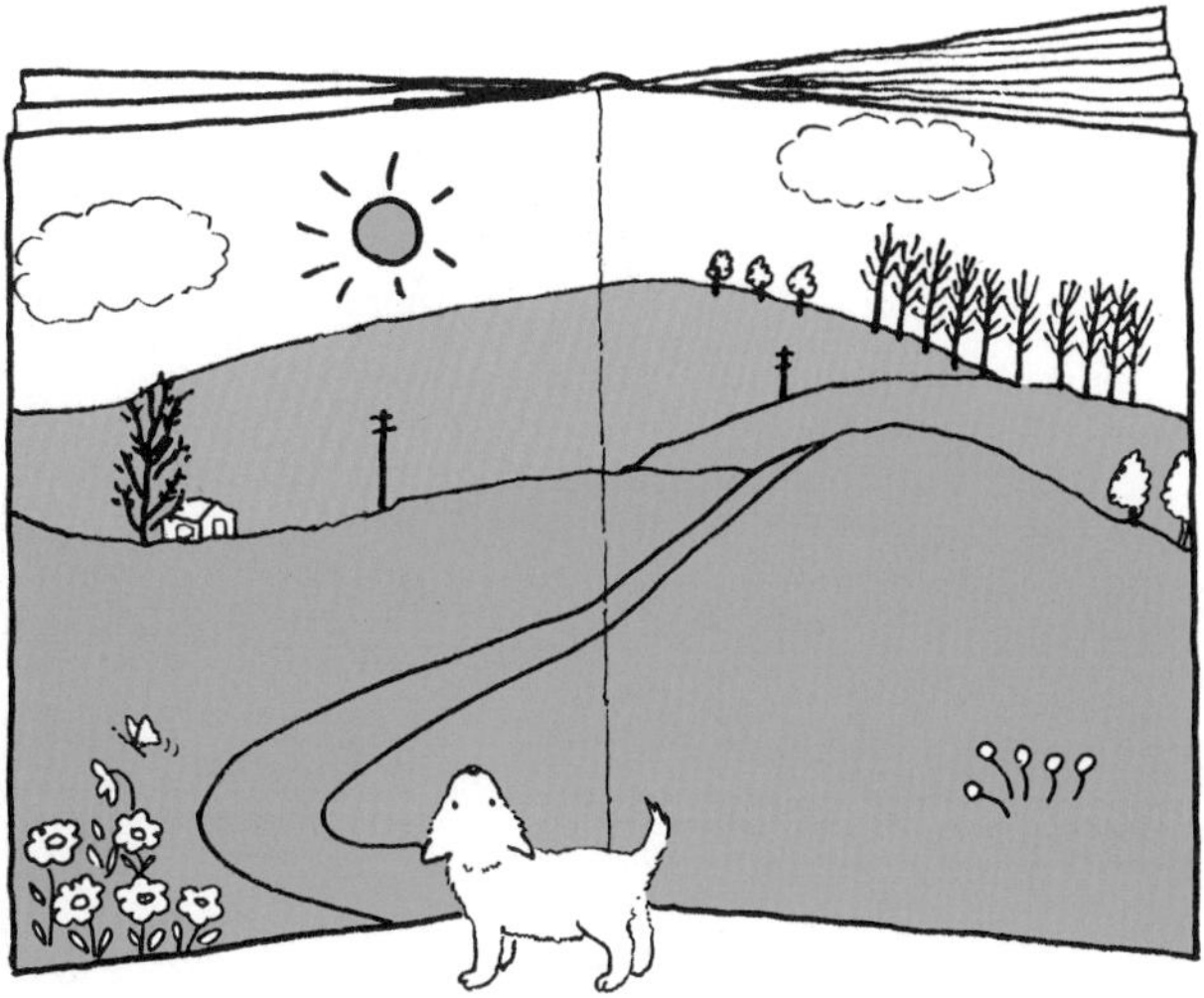

じぶんの　本《ほん》を　だいじにしよう

まじめ

犬《いぬ》は　まじめそうだが、ねこは　ふまじめそうだ。
アリは　まじめそうだが、クモは　ふまじめそうだ。
ダンゴ虫《むし》は　まじめそうだが、ときどき　ふまじめそうだ。
いろんなことを　まじめに　かんがえよう。

MARUMUSHI TAMAMUSHI DANGOMUSHI
KURURIN
TOKO TOKO......

みみ

どんな　かたちの　耳《みみ》も　りっぱな　犬《いぬ》に　なるのには　かんけいない。

犬《いぬ》の耳《みみ》

むだぼえ

犬《いぬ》に　むだぼえなど　ない。
わかってもらえるまで　いいつづけること。

WAN
WAN

WANWANWANWANWANWAN

めかた

ひとりでは　はかりにくい。

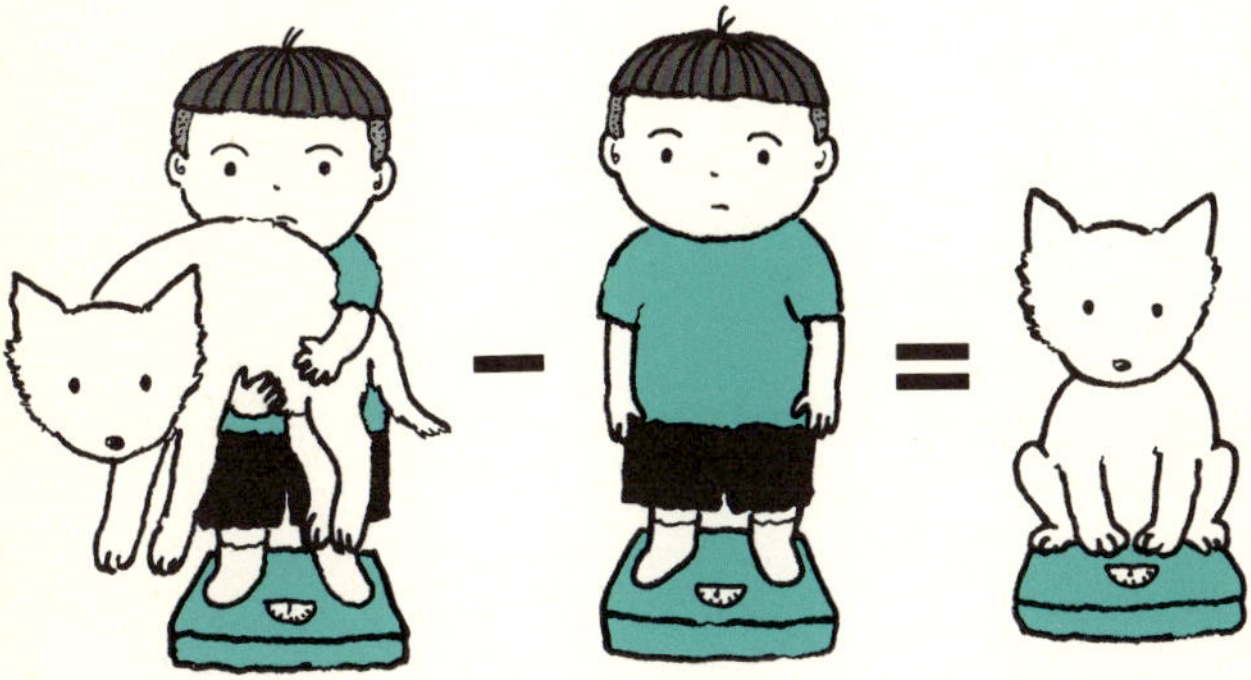

じょうずに　はかろう

もちもの

なるべく　ものは　もたないこと。
いつも　みがるで　いること。

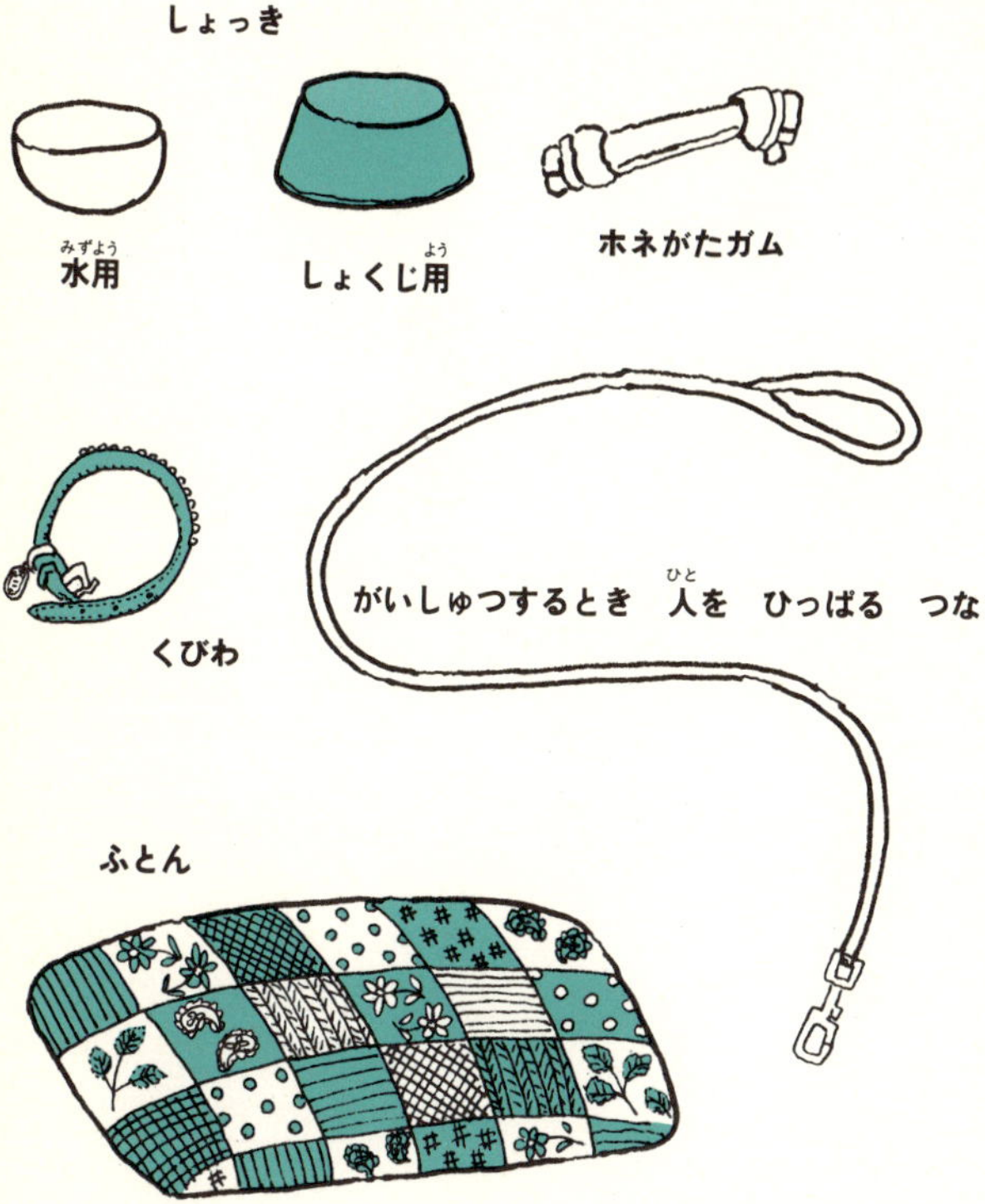
しょっき
水用《みずよう》
しょくじ用《よう》
ホネがたガム
くびわ
がいしゅつするとき　人《ひと》を　ひっぱる　つな
ふとん

かぞくのいる犬《いぬ》のばあいの　さいていげん
ひつような　もちもの

やくそく

犬《いぬ》は　やくそくを　しない。
ゆびきりも　しない。

YUBIKIRI GENMAN

ゆめ

ねむったときは　ゆめを　みて、おきているときは
ゆめを　もとう。

ポチの　しょうらいの　大《おお》きなゆめ

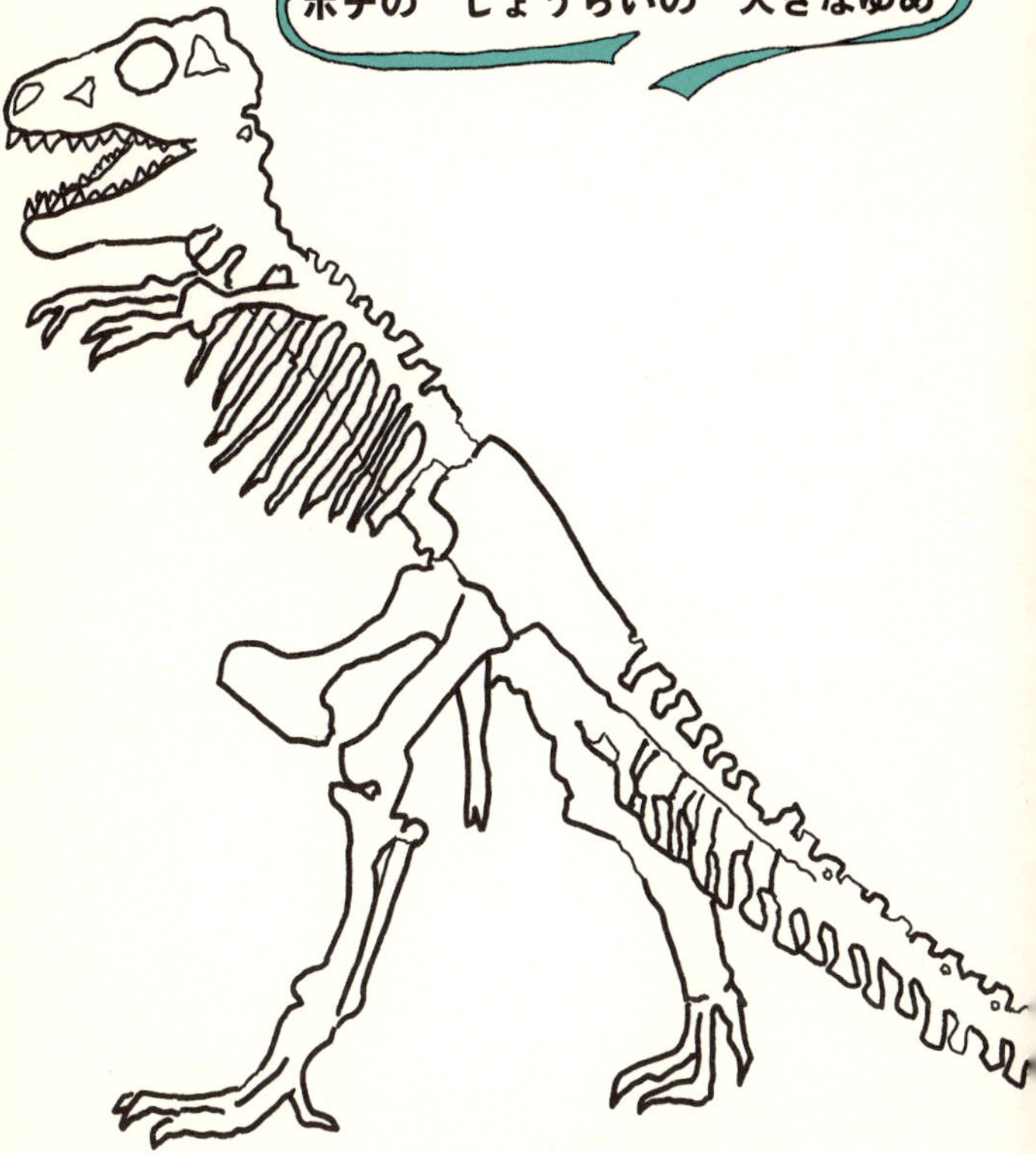

よる

まよなかに　そっとくる人《ひと》は　たいていが　おもしろい人《ひと》だ。

けれど、そんな人《ひと》は　めったに　こないし、いつくるか　わからないので、まっていないで　はやく　ねよう。

らんどせる

ランドセルを　せおうとしたら、

犬《いぬ》は　この方向《ほうこう》の　力《ちから》に　よわいから

こうなる

けれど　犬《いぬ》は、きょうかしょ、ふでばこ、さんかくじょうぎを　もっていないので、ランドセルは　いらない。

りゅっくさっく

リュックサックを　せおうとしたら、

犬《いぬ》は　この方向《ほうこう》の　力《ちから》に　よわいから

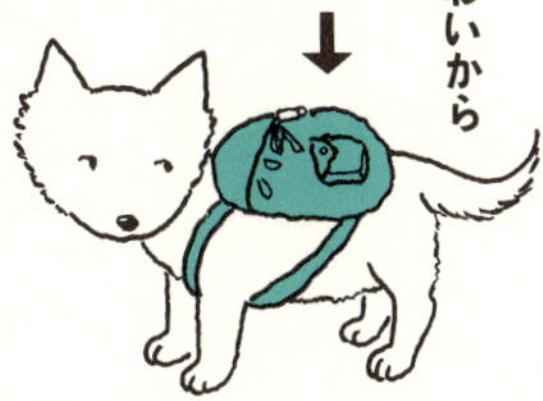

こうなる

おべんとう、おやつ、ゴミぶくろは　ひつようなときもあるが　じぶんでは　もたないので　リュックサックも　いらない。

るすばん

ひとりが　さびしいのは　はずかしいことではない。
さびしがりだということを　かくさないこと。
るすばんを　しているとき、しらない人《ひと》が　入《はい》って
きたら　せいいっぱい　かんげいしよう。
ありったけの　声《こえ》で　はなしかけ、ありったけの
力《ちから》で　とびかかり、じぶんが　どんなに　さびしかっ
たかを　わかってもらおう。

れんらくもう

れんらくもうを　作《つく》っておこう。
いそがない　れんらくは　てがみ*で、いそぎの　れんらくは　とおぼえで。
（*てがみの　ページ　さんしょうのこと）

いそぎのしらせで〜す

ろうけん

としとった　犬《いぬ》が　りっぱな犬《いぬ》とは　かぎらないが、
りっぱな犬《いぬ》も　かならず　としを　とる。

■ としとった人間《にんげん》は　ろうじん ■

■ としとったワニは　としとったワニという ■

わん

なんでも　さいしょは　「わん（１）」から　はじまる。

さあ、いよいよ　「わん」と　いってみよう。

わん

これで　いつ　犬《いぬ》になって
も　もう　だいじょうぶ。
その時《とき》は、けっして　あわ
てず　この本《ほん》のことを　おも
いだして、せいいっぱい　り
っぱな犬《いぬ》に　なってください。

解　説

三木　卓

今からちょうど十年前のことです。ぼくの三浦半島の仕事場に、一冊のライト・グリーンの絵本が、コトン、ととどきました。よろこんで開けてみると、『りっぱな犬になる方法』という題が書かれていました。

「ふーん」

とぼくは思いました。りっぱな犬になる方法ねえ……。

学校の先生に「りっぱな人間になりなさい」といわれて世の中に出たぼくです。しかしいつのまにか、五十代半ばを過ぎたオッチャンになっていました。たぶんこれからは、もっとくたびれたオッチャンになるだけでしょう。りっぱな人間はもう無理ですが、でもこの絵本を読めば、りっぱな犬にはなれるかもしれない。

本には、いきなりこう書いてありました。

しょうらい　犬になってみたいと　おもっている人はいませんか？
なりたいと　おもわなくても　ある日　いきなり　犬になる、なんてことは　よくあることです。

「ふーん」

とぼくは思いました。ぼくは、犬になりたいと思ったことがあっただろうか。はっきりそう思ったことがあったとは思われませんが、なかったともいいきれないような気がする。

しかしこの絵本の作者は、〈なりたいと　おもわなくても　ある日　いきなり　犬になる、なんてことは　よくあることです〉といっている。うん、これはたしかにあることだ。

ぼくはちょっとすわりなおしました。そしてこの絵本を読み出しました。そうすると、これはたいへん、みすごすことのできないことが、いろいろと書いてあるのでした。ぼくは、とてもおもしろかったので、この本と作者のきたやまようこさんのことを、どこかで書いたような気がします。

さて、それから十年がたち、ぼくはまたこの絵本と出会うことになりました。ぼくは、六十半ば過ぎのもっとくたびれたオッチャンになっていました。久し振りに読み直してみましたが、やっぱりおもしろかったです。で、そのことを書きましょう。

この本は絵本です。登場する犬のポチは、とてもかわいいし、教育される相手の男の子も、なかなかかわいい。説明の字もほとんどひらがなだから、きっとぼくのようなオッチャンのための本ではなくて、犬と匂《にお》いをかぎあってあいさつをするような幼い子のために描かれた本なのでしょう。ぼくも小学生のとき、野良犬のマルと親友でしたが、あのころこの本を読めば、いちばんよかったのかもしれません。きっとそうでしょう。ぼくは、りっぱな犬になれたにきまっています。

でも、オッチャンになってから読むのも悪いものではない。いやもちろんオッチャンまでならなくても、ふつうの大人、若い人が読んだら、もっとけっこうなものです。その人たちがりっぱな犬になれるかどうかはともかく、おや、というおもしろい体験をすることはたしかです。

たとえば〈かぞく〉というところを開いてみると、

〈たいていの　犬のばあい、いきなり、あるかぞくの一員に　なる〉

と書いてあります。主人公のポチくんは内田家の犬ですが、お父さんの智《とも》さん、お母さんのよねさん、長女のもねちゃん、のところへもらわれてきた、ということらしい。

犬というのは、ある日どこかの家にもらわれてくるとか、拾われてくるとかして、居着くというのがふつうです。

それはそうだ。けれどじゃあ人間はどうだろう。ぼくは今の奥さんといっしょになってずいぶんになるし、奥さんは他人には、ぼくのことを〈うちの主人が〉、とかいっている。

ですが、そもそも結婚前のあの人は、〈奥さん〉なんかではなくて、若い独身の娘でした。ぼくも〈うちの主人〉なんかじゃなくて、若い独身の青年でした。赤の他人同士でした。それが偶然にも結婚したら（まあそんなものでしょ）、娘はいきなり〈奥さん〉になったし、ぼくは〈うちの主人〉になりました。それぞれ家族の一員になったわけです。

犬も人間も、とつぜん家族の一員になる。

しかもぼくは、最愛の人とか思われたんじゃなくて、〈これなら、一応働きそうね。まっ、ガマンするか〉とか、ひそかに思った娘に貰《もら》われたというのが、本当のところかもしれない。

〈うちの主人〉なんていったって、あてになるもんか。その後の長い生活のようすを思うと、どうもそういうふうに思われてクヨクヨしている。

いっぽうこの絵本のポチだけれど、この子は貰われてきたはずなのに態度がでかくて、自分のことを〈内田家の長男〉と名乗っています。犬というものは家族のなかで自分がいちばん偉いと思っている、と学者がいっているのを読んだことがあります。

ああ、きっとポチはそうなんだ。当然だと思っている。奥さんにもらわれてきて、オタオタ思っているぼくは、ポチのように悠々としなければいけない。

それはともかくとして、〈かぞく〉のところに書かれた全員（みんなとてもかわいく描かれています）の絵を見なおすと、ポチだけ犬で、あとは人間ですけれど、こんどは偶然寄り合って生きている生きものの集団と見えてきます。うまれたこどもの、もねちゃんだって、お父さんとお母さんが偶然結婚したから、生まれたんでしょう？

そして、家族というものは、いつまでもそのまま続くわけではないでしょう？

そうすると、ポチもそのご主人たちも、いまいっしょにいるからしあわせなんだ。そう思うと、しーんとした気持でこのページを見つめてしまうのでした。

また、りっぱな犬は、ぼくよりずっと正直です。

たとえば〈なわばり〉というところを開けてみると、犬のなわばり、つまり、オシッコをかけて歩くあの行動です。そこには、

〈なわばりを　まもるため　じぶんの　においを　つけるときは　足を　うんと　たかく上げ、できるだけ上の方に　おしっこをかけ、じぶんが、とても　大きい犬であることを

きょうちょうしよう〉

と書いてあります。そして〈国分南二丁目〉という標識札がついている電柱にむかってハイジャンプをしながら、高い位置にシュッと堂々ととばしている。

これって、ぼくがナイショでしてきたことです。ぼくは自分が気づかないだけで、もうりっぱな犬になるための修行を（しかしナイショで……）してきていたのですね。

また〈もちもの〉の項を見ると、自然と頭が下がりました。〈なるべく　ものは　もたないこと。いつも　みがるで　いること〉というのは、とてもいい。ぼくはハブラシとオチャワンとハシとオナベ、それにトイレットペーパーぐらいで生きていくのが理想なのですが、なかなかそうはならない。

そしてぼくは、とどめを刺されました。〈ろうけん〉です。

としとった　犬が　りっぱな犬とは　かぎらないが、りっぱな犬も　かならず　としをとる。

なるほど。幼い人にはだいじな言葉ですねえ……。

作者のきたやまようこさんはすごい犬好きで、ずっと犬といっしょに暮らしてきたので、もしかしたら、自分が犬なのか人間なのかわからなくなっているかもしれません。きたやまさんに飼われた犬も、じぶんが犬なのか、人間なのか、わからなくなっていると思います。

犬はもともと、人間がいっしょに助け合って暮らすように、だんだん仕込んでできた動物だといいます。犬はとても頭がいい動物ですし、人間とはずっとなかよく暮らしてきたので、人間の気持がとてもよくわかるようになりました。犬と人間のおつきあいの歴史はとても長いのです。ぼくは犬の心のきめこまやかさに出会うと、きらいな人間（どこへいってもかならずいます）なんか、問題にならない温かいものを受け取ります。生きていてよかった！

いつだって犬好きの人は犬の心を知りたいし、そのためには犬になりたいのです。犬は人間になって「今日はいい月夜ですね」なんていいたいかもしれません。

そこで、犬が何をいいたいのかわかる、という機械ができたそうです。まだ六つぐらいの言葉が変換できる程度ですが、もっときめこまやかになってくるとどうでしょうか。おもしろいことを考えた人がいて、その気持もわかるのですが、でもほんとうに犬を好きな人は、その人を好きな犬は、そんなものなくてももう十分わかりあっていることでしょうね。

犬は、すばらしい友人です。

横浜線に大口という駅があります。ある日、ここの駅表示板が、犬田になっていました。

こどもたちのいたずらでしょう。なるほど。

この駅からゾロゾロ犬が乗ってきたらおもしろいな。

ぼくは、しばらくわらっていました。

（平成十四年十月、作家）

を

（尾《お》）を　ふる犬《いぬ》は　たたかれず　というが、たたくような　あいてには　おを　ふらない。

この作品は平成四年十一月
理論社より刊行された。

りっぱな犬《いぬ》になる方法《ほうほう》

新潮文庫　き-23-1

平成十四年十一月一日発行

著者　きたやまようこ

発行者　佐藤隆信

発行所　株式会社 新潮社

郵便番号　一六二―八七一一
東京都新宿区矢来町七一
電話　編集部(〇三)三二六六―五四四〇
　　　読者係(〇三)三二六六―五一一一

価格はカバーに表示してあります。

乱丁・落丁本は、ご面倒ですが小社読者係宛ご送付ください。送料小社負担にてお取替えいたします。

印刷・錦明印刷株式会社　製本・錦明印刷株式会社

© Yôko Kitayama 1992　Printed in Japan

ISBN4-10-136331-5 C0193